VENTE

AUX ENCHÈRES PUBLIQUES

HOTEL DROUOT — SALLE N° 9

Le Lundi 23 Décembre 1912

A DEUX HEURES

GRAVURES, DESSINS, PASTELS

TABLEAUX

Objets de Vitrine

FAIENCES - PORCELAINES

Bronze d'Art et d'Ameublement

SCULPTURES

MEUBLES - SIÈGES

Anciens et de Style

TENTURES — TAPIS

Mᵉ G. FRANÇOIS	M. R. BLÉE
COMMISSAIRE-PRISEUR	EXPERT PRÉS LE TRIBUNAL CIVIL DE LA SEINE
23, Rue Le Peletier, 23	53, Rue de Châteaudun, 53

EXPOSITION PUBLIQUE

Le Dimanche 22 Décembre 1912, de 2 heures à 6 heures

C. Chaufour, Imprim.
6-8, Rue Milton, Paris

CONDITIONS DE LA VENTE

La vente sera faite expressément au comptant.

Les acquéreurs paieront *dix pour cent* en sus des enchères.

L'exposition mettant le public à même de se rendre compte de la nature et de l'état des objets, aucune réclamation ne sera admise une fois l'adjudication prononcée.

DÉSIGNATION

GRAVURES, DESSINS, PASTELS

TABLEAUX

. — Lot de gravures en noir.

Sera divisé.

2 — Lot de gravures dans un carton.

3 — Gravure anglaise en couleurs : Femme au manchon.

4 — Gravure en couleurs représentant un enfant couché sur un panier de fleurs.

Cadre en bois sculpté.

5 — Gravure anglaise en couleurs : Scène de course.

6 — Gravure en noir : Jupiter et Antiope.

7 — Deux grandes gravures en noir : Bal et soirée à la Cour sous Louis XVI.

8 — Gravure en noir XVIIIe siècle : Les Trois Grâces.

CERNY (JACQUES)

9 — Bouquet de roses.

10 — Chrysanthèmes.

WATTEAU (Genre)

11-12 — Peinture sur toile représentant une scène champêtre.

GIRARDET

13 — Baigneuse sous bois.

GREUZE (D'après)

14 — Tête d'enfant.

LAMBINET (EMILE)

15 — Paysage.

PANINI (Attribué à)

16 — Tableau représentant des ruines.

PARYS (Mme Van)

17 — Le Lever.

Pointe sèche.

18 — Parisienne en toilette Directoire.

Pointe sèche.

19 — Le Collier du chien.

Pointe sèche.

20 — Arlequin.

Pointe sèche.

21 — Jeune femme à la rose.

Pastel.

PÉCRUS

22 — Port de mer.

WULF

23 — Paysage.

ZIEM

24 — Marine.

Aquarelle.

ECOLE ANGLAISE

25 — Tête de jeune fille.

Cadre ovale.

ECOLE FLAMANDE

26 — La Promenade.

Cuivre.

ECOLE FRANÇAISE

27 — Deux dessins encadrés.

    Marines.

28 — Un pastel encadré : Tête de femme.

29 — Jeune femme aux fleurs.

30 — Jeune fille au manteau rouge.

31 — Tête de jeune fille.

    Cadre ovale.

32 — Paysage en plein midi.

    Toile.

33 — Portrait de Mademoiselle Greuze.

    Sanguine.

34 — Jeunes femmes au bord de l'eau.

ECOLE FRANÇAISE XVIII SIÈCLE

35 — Amours et fleurs.

    Dessus de porte. Panneau.

ECOLE FRANÇAISE XIX SIÈCLE

36 — Portrait d'homme.

37 — Paysage animé.

38 — Portrait d'officier Premier Empire.

ÉCOLE FRANÇAISE

39 — Portrait de jeune femme.

Cadre en bois sculpté.

Toile.

40 — Portrait d'homme.

Panneau.

41 — Nature morte.

Gouache

ÉCOLE HOLLANDAISE

42 — Paysage.

43 — Sujets mythologiques.

Cuivre.

ÉCOLE ITALIENNE XVIIe SIÈCLE

44 — Le Baptême.

Grande toile.

ÉCOLE ITALIENNE

45 — Vierge et enfants.

Grande toile.

ÉCOLE MODERNE

46 — La Cigale.

Toile.

BRONZES, MARBRES, FAIENCES

OBJETS DE VITRINE

47 — Divinité siamoise en bronze.

48 — Deux grands chenêts en bronze, représentant des dauphins.

49 — Statuette de style gréco-romain, bronze patiné avec socle en marbse blanc.

50 — Petit brûle-parfum en bronze.

51 — Flambeau en bronze gravé persan.

52 à 60 — Divers bronzes d'art et d'ameublement.

61 — Deux lampes formant vases en bronze, disposées pour l'électricité. De la Maison GAGNEAU.

62 — Groupe en bronze : L'Eté. Signé CARRIER-BELLEUSE.

63 — Lustre en bronze orné de cristaux à six lumières, monté pour l'électricité.

64 — Statuette en marbre blanc, représentant l'Amour assis.

65 — Groupe en marbre blanc : Les Trois petits pêcheurs.

66 — Statuette en marbre : Le Printemps.

67 — Buste en marbre : Minerve.

68 — Buste en terre cuite représentant Marie-Antoinette.

69 — Fontaine en faïence espagnole, décorée en relief de paysage et d'oiseaux.

70 — Lot de plats ronds en ancienne faïence de Talavera.

Sera divisé.

71 — Deux potiches en ancienne faïence italienne décorée à sujets d'Amours et de feuillages.

72 — Potiche à deux anses fixes en faïence italienne, à décor polychrome, contenant un buste dans un médaillon.

73 — Quatre tasses et soucoupes en porcelaine de Saxe et autres.

Seront divisées.

74 — Vase en porcelaine de Chine famille verte.

75 — Vase en porcelaine de Paris, décor bleu et or.

76 à 85 — Objets de vitrine en faïence et porcelaine.

Seront divisées.

86 — Deux potiches en porcelaine de Chine, décorées de fleurs et animaux, et de réserves avec personnages.

87 — Vase rouleau en porcelaine de Chine, à dessins d'ornements.

88 — Deux vases en porcelaine de Chine, bleu turquoise.

89 — Statuette de Saint-Michel en bois sculpté, polychromé et doré.

90 — Statuette religieuse en bois sculpté, polychromé et doré.

91 — Lot de cadres anciens en bois sculpté.
   Sera divisé.

92 — Miniature ronde, portrait de femme Empire.

93 — Tryptique en bois noir sculpté, appliquée d'émaux à sujets tirés de l'histoire de France, style Renaissance.

94 — Coffret en bronze doré, style Louis XIII.

95 — Paire de flambeaux en bronze doré, d'époque Louis XIII.

96 — Lampe juive en bronze, xvie siècle.

97 — Mortier en bronze avec son pilon, xve siècle.

98 — Coupe et pichet en cuivre rouge, époque Louis XIII.

99 — Reliquaire en bronze ciselé et doré, contenant un cachet en cristal de roche, gravé d'une figure, XVIᵉ siècle.

100 — Pendentif en forme de buste de femme, argent émaillé du XVIᵉ siècle.

101 — Deux petites boîtes laquées et dorées.

102 — Boîte, travail en paille de couleurs.

103 — Boîte en carton orné d'un fixe.

104 — Miniature : Tête d'amour. Ecole française XIXᵉ siècle.

105 — Petit coffre en laque de Chine.

106 — Statuette de personnage japonais assis sur un rocher et tenant un vase de la main gauche.

107 — Statuette de personnage japonais debout, tenant une grosse branche d'arbre de la main droite et un vase de l'autre.

108 — Sac de dame à fermoir en métal argenté, tissé de petites perles de couleurs, formant des bouquets de fleurs.

109 — Autre sac de dame à fermoir en métal argenté, tissé de petits perles de couleurs, représentant un berger et une vachère dans un paysage.

110 — Deux autres sacs en perles de couleurs, formant des bouquets de fleurs.

111 à 120 — Lot de bibelots d'étagère en porcelaine.

Sera divisé.

121 — Bibelots d'étagère en faïence.

Sera divisé.

122 — Glace cadre bois sculpté et doré, époque Louis XV.

123 — Lot de catalogues de ventes : (Ventes Carcano, Doucet, Rouart, etc.)

Sera divisé.

MEUBLES ET SIÈGES

124 — Piano droit en bois noir verdi, de la maison RINALDI.

125 — Meuble d'architecte en acajou, surmonté d'un casier bibliothèque.

126 — Deux casiers en acajou, l'un formant pupitre, l'autre cartonnier.

127 — Trois cartonniers.

128 — Une table d'architecte sur tréteaux.

129 — Grande armoire roberie en bois blanc peint.

13o — Bibliothèque de style Renaissance en chène sculpté.

131 — Ameublement de salle à manger en noyer ciré, composé d'un buffet à deux corps, une desserte, une table et six chaises couvertes en peau.

132 — Guéridon rond en acajou, orné d'une galerie de cuivre, avec dessus en marbre blanc de style Louis XVI.

133 — Bureau plat de dame en marqueterie, orné de bronzes à têtes de béliers. Style Louis XVI.

134 — Commode en acajou ornée de filets cuivre, dessus
de marbre gris. Epoque Louis XVI.

135 — Cabinet espagnol à nombreux tiroirs, dééor en
marqueterie de bois de placage et ivoire, orné de
bronzes.

136 — Coiffeuse de style Louis XV en marqueterie, sur
le dessus on voit un berger et une bergère et des attri-
buts champêtres.

137 — Petit guéridon carré à deux étages en marqueterie,
garni de bronzes.

138 — Horloge à gaîne en chêne sculpté, avec cadran étain
et cuivre.

139 — Petit modèle de bureau en noyer. XVII' siècle.

140 — Bibliothèque en acajou.

141 à 150 — Meubles anciens ou de style : commodes,
secrétaire, table, bahut, etc.

151 — Lot de meubles courants, commodes, armoires,
buffets.

   Sera divisér

152 — Colonne laquée à fût de bois à cannelures et guir-
landes, de style Louis XVI.

153 — Salon de style Louis XV en noyer ciré recouvert
de soierie à fleurs sur fond rose, comprenant un canapé,
deux fauteuils et deux chaises.

154 — Salon de style Louis XVI en bois sculpté peint en gris, recouvert de soierie, comprenant un canapé, deux bergères, quatre fauteuils et deux chaises.

155 — Deux chaises en bois sculpté et doré de style Louis XVI, garnies de soierie à fleurs.

156 — Bergère en bois doré, recouverte de velours de Gênes à ramages sur fond bleu. Style Louis XVI.

157 — Baignoire avec ses accessoires, chauffe-bains, appareil à douche, etc.

DENTELLES — TAPIS

158 — Lot de dentelles d'Irlande, point d'Angleterre, Valenciennes, Chantilly, etc.

> Sera divisé.

159 — Lot de filets brodés.

> Sera divisé.

160 — Dix pièces en soie brodée, travail chinois.

> Seront divisées.

161 — Portière en velours et soierie, à draperies et galerie en bois doré.

162 — Tentures diverses.

> Seront divisées.

163 — Broderies, soieries.

> Seront divisées.

164 — Grand tapis d'Orient à dessins verts et rouges.

165 — Tapis d'Orient à dessin et bordure polychromes.

166 — Grand tapis d'Orient à dessins polychromes.

167 — Tapis persan à décor varié et bordure polychrome.

168 — Tapis de prière.

169 — Tapis de prière.

170 — Tapis galerie d'Orient à bordure et dessin polychrome, fond rouge.

171 — Tapis chemin d'Orient à dessin polychrome.

172 — Objets omis.

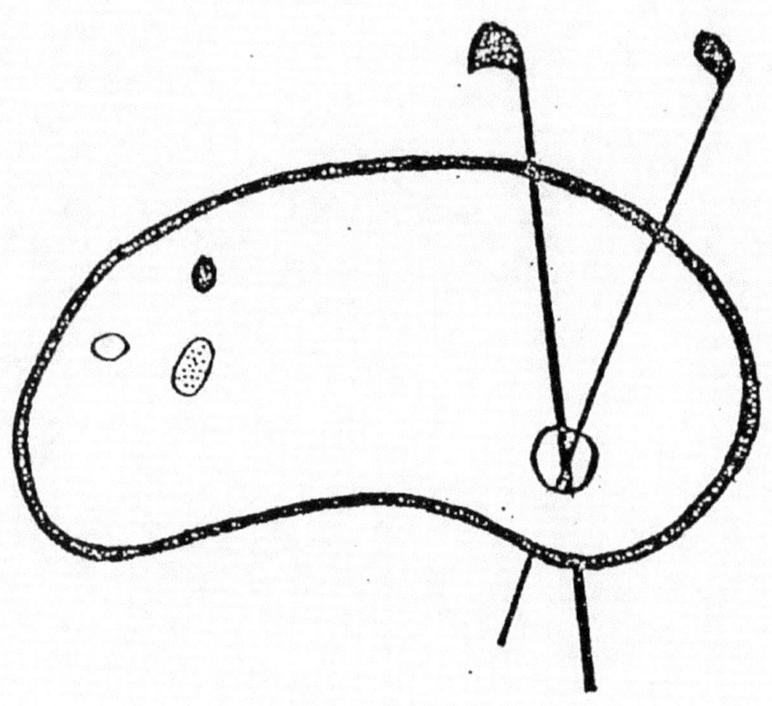

ORIGINAL EN COULEUR
NF Z 43-120-8

RED. :

18